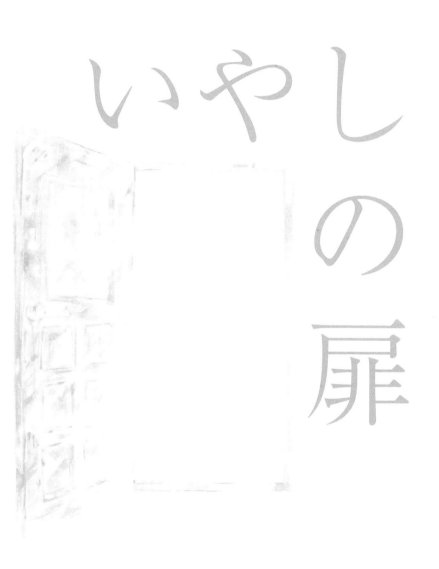

いやしの扉

長谷川 よしたか

目　次

森と握手

森の泉に　手を入れて
わきでる水と　握手をする
やわらかな　ふわりやさしい
手に包まれて　こころ握られ
こころの底に　沈んだ笑顔
森の泉が　ふわっと浮かす

かざぐるま

思い出す　いやなこと
胸のかべ　くっついている

風吹いて　からっとさすり
わたしくるっと　回してくれる

くるくる回る　かざぐるま
スカートが　かざぐるま

こころの底の　楽しい気持ち
あふれて飛んで　かざぐるま

思い出す　いやなこと
くるくる回り　飛んで行け

ちょっぴり　しみこんだ
いやなこと　笑顔でつぶす

ふたりの鏡

めをひらいて　はじめてみえた
ひろいそらが　どこまでつづくの

あかちゃん　お母さんの
瞳の中　誰かしら

まぶしい光に　生まれてきた
あかちゃん　あなたの顔

あかちゃん　そんなにじっと
見つめるから　動けないわ

お母さんも　あかちゃんを
じっと見つめて　動かないね

あかちゃんの　瞳の中
お母さんが　にっこり写ってる

広い空の下　ここだけが
ふたりで顔を　見つめ合える

めをひらいて　うつってるかお
ふたりだけの　かがみみつけたの

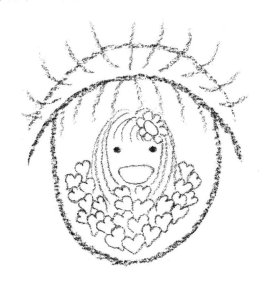

道

窓ガラス　陽ざしをすって
はずみだし　きらきら光る
窓をきゅっと　開けて息はく
よどんだ気持ち　すっと逃げてく

風が顔　さすってく
どこか聞こえる　小鳥の楽譜
外へ出る　入口に
手をかけて　陽ざし浴びよう

小鳥は何を　話しかけるの
わからないこと　たくさんすぎる
さき歩む道　どこ行けばいい
こわがらず　誰かに聞こう
こころ窓開け　聞いた分だけ
知らない世界　道ふやす
こころ一つに　つなぐ分だけ
未来の道が　広がっていく

窓ガラス　夕陽をすって
ほっとして　ゆらゆらゆれる
外をぎゅっと　歩いてみれば
大地がはねて　前に進んだ

夕焼けが　胸燃やす
どこかに消える　不安と焦り
外の風　声かける
誰だって　わからないから

砂浜

砂浜で　泳ぐこども
寄せてくる　はてない波
笑顔みせ　はしゃぐ声
つぎつぎに　波をつたう

砂を飛ばし　走るぼくら
砂の波から　浮く貝がら
なる音を　胸にあて
記憶の波を　引き寄せる

砂浜の　泡の波で
はしゃいだ　小さいころ
はしゃぐ夢　砂に書いた
指の先の　しおからさ
今では　未来の地図
白紙の紙に　みんなで書ける
世界中で　それぞれ書いた
未来の地図　ひとつに繋ごう

砂浜に　手を振るよう
寄せてくる　はてない波
海ふかく　もぐって行く
きらきらと　夢が浮かぶ

渚そっと　走る線路
走り続ける　貨物列車
潮風を　運んでは
記憶をのせて　未来いく

くせ毛

願いをこめて
ひっぱり直した
くせ毛
雨にぬれ
風に吹かれ
もとに
くるくる戻る

自分のくせ
ひっぱり直して
うまく行くのもいい

自分のくせ
見つめて認めて
うまく生かすもいい

くせ毛
気になる
くせも
気になる

かってに悪く
かってに暗く
かってに思わない

かってに思うくせは
とりあえず直そうか

くせ毛
くせも
抱きしめようかな

ひよこ

おんぷを　おぼえた
黄色の　ひよこひよこ
ころころ　ぴよぴよ
楽しくて　走りたくて
ころころ　ぴよぴよ
レモンが　転がり
こつん　こつん
ぶつかり　ごめんね
くるくる　追いかけっこ
気持ちが　にこにこ
元気ありがとう　さあ行こう

ねむりで　笑った
黄色の　ひよこひよこ
すやすや　ぴーぴー
夢をみて　笑いたくて
すやすや　ぴーぴー
レモンの　息はき
きゅん　きゅん
ときめく　毎日
ぐうぐう　明日を待つ
気持ちが　ふかふか
ほほをそっとなで　また明日

またねバイバイ

またねバイバイ　笑って明日
今日の陽ざし　今日をてらす

眠る夜まで　今日一日
眠る夜には　胸に今日を
はさんでつくる　記憶押し花
楽しいことが　胸にしみこむ

いつか突然　ぱっと開いて
思い出す時　今より大人

またねおやすみ　眠って明日
明日の陽ざし　大人ちかづく

寝坊の朝だ

夜の森　暗やみの
ふとん巻きつき　朝陽が眠る

ちゅっちゅっと　鳥の声
ああ夢か　ああよかった

ぱたぱたぱた　羽の風
暗やみが　ゆれだした

大変だ　朝寝坊
飛び起きる　やみを開ける

きらっふわっ　どこかまわず
まっすぐに　みんなをなでる

まだ夢の中　ほほ笑んでいる
子どものほほは　通り過ぎよう

朝陽かけだす

部屋の中　やわらかい
ふとん巻きつき　子どもが眠る

起きて起きてと　誰か声
まだ夢か　夢じゃない

ばたばたばた　朝おどる
暗い夜　どこいった

大変だ　朝寝坊
朝陽どこ　通り過ぎた

どたっごろん　つまづいても
まっすぐに　前かけ走る

転んだ時も　笑っていこう
大人になって　思い出そうか

子どもかけだす

雲の時間

動かずに
白い雲
じっと見つめて
じっとしている

ゆっくり雲
動いて行く

ぼくはじっと
しているから

雲はやさしく
ゆっくり　ゆっくり
こころに入って

こころの不安
ゆっくり　ゆっくり
ふいて撫でまわす

たまには
ゆっくり

時間動かしてみよう
時間だって休みたい

時間を癒して
自分も癒して

卒業アルバム

はずかしくて　見れなかった
卒業アルバム　胸を開ける
あなたの写真を　私みつめる
月日たって　あなた会った

たたく鼓動　恋の扉
ぎゅっと開けて　風がすっと入る
運命いま　時をこえて
私のいま　過去にもどす

予感できない　出会いには
いつもきれいな　目でいよう
飾りをつけて　かくせない
胸のなか　気持ちが目にでる
卒業写真　いまの私
前よりきれい　いま見てほしい
いつか出会える　運命のひと
あなたの瞳　きれい写りたい

奇跡なんて　夢ではない
卒業アルバム　僕が開ける
あなたの写真を　僕が見つめる
ずっと心　あなたがいた

からだ浮かぶ　気持ちが飛ぶ
恋が飛ばす　運命の飛行機
運命いま　あなたの目に
僕の心　翼になる

立ちこぎ

自転車に　かばん乗せ
しまい込んだ　厚い本
早く帰り　休ませて
本読んで　眠らせよう
僕らいつも　読み終わらない
自分の気持ち　どこ行くか

精一杯の　息すって
背中吹き出し　こいで行く
思っているより　僕ら弱い
吹く風に　すぐ流される
風のすき間に　立ちこぎして
くるくる自転車　走ろうか

僕らくるくる　蜘蛛の糸
まわり巡らせ　待っている
探しているもの　わからない
わからなくても　見つけたい
答え出るまで　心ぐるぐる
自転車こいで　空回りでも
炎を上げて　僕ら立ちこぎ
答えを探し　坂道のぼる
坂の上には　一息つける
平らな気持ち　待ってくれてる

帰る背中　夕陽乗せ
胸の中が　熱くなる
早くこいで　家つれて
僕だけの　夕陽みよう
僕らいつも　雲と約束
自分の気持ち　変わるから

精一杯の　勇気だし
口から言葉　燃やしてく
思っているより　僕らこわい
来る言葉　すぐに気になる
言葉かけぬけ　立ちこぎして
どんどん自転車　前こごう

時間と森へ

こかげが体　さするから
待って笑って　追いかける
陽ざしが消えて　こかげはどこに
かくれんぼ　始めの合図

こかげ探して　森のなか
ほっと息すい　やさしい鼓動
時間は森に　吸い込まれ
刻む時計も　かくれんぼ

こかげの椅子に　腰かけて
時間と一緒　ゆっくり休む
時間と二人　見つめ合い
素直になろう　いつもごめんね
小川流れる　森のなか
時間と一緒　せせらぎを聞く
進まないとき　また来よう
いやしは夢の　近道つくる

大空の楽譜

風がほほなで　どこ行くの
空をみわたし　白い雲
電線に　小鳥がとまり
白い雲　うしろを通る
大空の　楽譜むかって
鼻歌で　るんるんしよう
みんな歌おう　大空の
合唱　おんぷ飛んでく

おんぷ飛んでく　どこ行くの
小鳥になって　海へ行く
夕焼けが　明かりをつけて
白い波　拍手をする
大空の　小鳥がないて
おんぷ飛び　わくわくしよう
どんな音楽　大空の
楽器隊　楽譜は自由

ぼくは気球

何度やっても　失敗ばかり
くり返す　ぼくだから
前すすむのが　こわいだけ
うつむく時を　過ごしてきてた

自分みとめて　よわい顔だし
わらってみれば　胸が浮かんだ
ぼくは気球　時代の風に
ふんわり乗って　飛んでみようか

ゆれる気球　浮いたり沈み
熱い炎を　こころに入れる
余裕ないけど　わらって叫ぶ
世界にぼくは　ひとりだけ
いいことまねて　羽ばたくけれど
自分らしさも　ぼくの風向き
今日あの山　越えたら少し
ひと休み　明日も飛ぼう

今日の風は　気持ちいいから
もう少し　ぼく出そう
まわりのみんな　風になり
ぼくの背中を　そっと押してる

自分らしさも　勇気をくれて
世界のはてに　背中を見よう
ぼくは気球　見えない先に
夢をつくって　のんびり行こう

夢の影

前が真っ暗で
今いる所が
たとえ明るくても
僕らは先へ行く

僕らの先には
光かがやく
夢があるんだ

かがやく夢は
光でふちどる
雲のように
僕らの影を
今いる明かりに
きらきら映す

かがやく未来を
つくりたいから
僕らは先へ行く

先は今より
かがやく未来

今の明かりは
かがやく歴史

僕らは先へ行く
僕らの先には
光かがやく
夢が待っている

私の赤ちゃん

あなたを　見つめたい
あなたの　周りにある
ふわふわの　人をほぐす
笑顔が　あるから
だからわたし　あなたの
顔そっと　包みたい

あなたを　抱きしめる
あなたの　ほっぺにつく
ふかふかの　胸ふくらむ
笑顔が　つさらも
遠くへ消し　わたしの
顔そっと　笑わせる

赤ちゃん　お眠り
わたしの　胸のなか
やさしく　やさしく
ほほ笑み　見つめる
歩くたびに　あなたの息
わたし吸って　前へすすむ
あなたとわたし　息ひとつ
胸の鼓動も　追いかけっこ

わたしが　見えてるの
わたしの　笑顔うつる
きらきらと　わたし見つめ
指先　わたしへ
やさしい指　あなたの
手をそっと　握りたい

あなたを　抱きしめる
あなたの　笑顔につく
わくわくの　夢ふくらむ
指先　空さし
未来を見て　わたしの
胸どきっ　手をつなぐ

ママ抱っこ

遠くを　指さすぼく
ママぼくはまだ　帰りたくない
ぼくを　抱っこしないで
少しは　大人になった
言葉は　まだ話せない
泣きじゃくる　ぼくだけど
涙は　悲しくはない
ぼくは　見てほしい
遠くを　指さすぼく
先に行きたい　涙のダイヤ

遠くを　見ているママ
ぼく小さくて　先が見えない
ぼくを　抱っこ今すぐ
ママの目　同じ高さだ
大空　雲つかめそう
空飛んでる　ぼくだけど
大人は　雲とらないの
ぼくは　笑うんだ
果てない　空見るぼく
大人の今に　思い出ダイヤ

やさしい毛布

やさしく動く　毛並みの流れ
ふんわりと　まるくなる
やわらかい　毛布の中で
やわらかい　子供の体
そっとなで　子供が笑う
目を細め　わたしも笑う
包まれて　なじんだ毛布
思い出も　包まれていく

思い出まわる　時間の流れ
貝がらの　渦のよう
時たって　毛布ねむって
時たって　大人になった
もう子供　大人の母ね
目を細め　二人で母ね
握りしめ　つないだ小指
約束よ　幸せにして

都会のすずめ

都会のビルの
山々に
迷ったすずめ

投げられる
炎の風の球
翼でとって
ビルの谷間に
投げ返す

右まわり
左まわり
ひとり勇気を
翼にたして
陽ざし向かって
飛んで行く

涙が
羽つかむけど
ぷるぷる
泣いて飛ばされる

遠い山から
助けに仲間
あったかい群
夕陽がてらす

涙が
夕陽に向かい
きらきら
笑って飛んで行く

すべて見ていた
ビルの窓ガラス
街あかりを
すずめにてらす
明るくてらす

悲しみ横あるき

砂浜で　顔だした
貝がらそっと　手でつつむ
にぎりしめた手　くるくる貝が
時を戻して　動きだす

笑ったことも　悲しいことも
人に言えない　どんなことある
足もと動く　かにが見つめる
横あるき　楽しそう

横あるき　かにのまねして
悲しみチョキ　切り捨てようか
前いくだけが　進むでなくて
横にあるいて　となりも見よう
心みんなも　同じでひとつ
悲しみも　一人ではない
かにのまねして　ぷくぷく夢を
心にうかせ　涙さよなら

遠い海　流れ来た
ガラスの石を　指つつく
かにと見つめる　きらきらガラス
かにと私に　光りだす

楽しいことも　ときめくことも
いろんな世界　たくさんあるか
泡がきらめく　かにを見つめる
夢の泡　われないで

炎の薔薇

いつも寄り添って　やさしく
温め励ます　あかい炎

近づきすぎて　熱すぎて
離れたくなる　ゆれる炎

見えなくなれば　寂しすぎて
寄せたくなる　燃える炎

あなたは　あかい薔薇
いつも炎を　ありがとう

情熱の　あかい薔薇
あなたに　守られている

とげを刺されて　目がさめて
涙ぽろり　流すこともある

流す涙も　薔薇の花
渦のなか　しみ込んでいく

やさしく　あなたは
受け止めて　笑ってくれる

でも今日は
やさしく　あなたを
受け止めて　守ってあげる

そっと笑顔の　息かけて
薔薇の渦を　ふんわりさせたい

花の奥に　たまった涙
陽ざしに飛ばして　虹かけたい

悲しみこそこそ

沈んだこころ　湖の底
悲しみが　こそこそしてる
動くたび　胸つたい
ぶるぶると　体ふるえる
陽ざしきらっと　底をつきさす
腕をかきあげ　こころ浮かそう
湖面をこえて　悲しみを
明るさで　しぶき落とそう
涙さよなら　羽ばたかせ
陽ざしきらっと　体にまこう

よちよち歩き

よちよち歩き　こどもたち
きまった所　行くわけでなく
手をふると　手について
足がどこかへ　よちよちと

こどもみんなで　ぐるぐる回り
おとなもみんな　ぐるぐる回る

こどもみんなで　目をまるく
大空みあげ　白い雲
つかんでみよう　手をあげて
よちよち歩き　足どこへ

おとなのハート　つついてきゅん
くすぐり笑い　羽がはばたく

笑って　にこにこ
追いかけ　にこにこ

こどもみんなで　空はばたこう
おとなみんなで　空はばたこう
ついて行く　ふんわり風が
みんなの背中　未来へさする

大きな瞳

落ち込んだ　帰り道
振り返る　余裕もなくて
止まる信号　となりの車
大きな瞳　子どもがにこり

胸にくぎ打つ　離さない目に
見つめほほえみ　さようなら
知らない子ども　忘れられない
忘れた自分　あの目はどこに

こころ沸き出す　わらう砂浜
駆けだす足が　きゅっと鳴らす
砂が意地悪　足を引いても
前こわがらず　走ってぬけた
転んで砂が　嵐でも
笑顔が砂を　きらっと飛ばした
落ち込む勇気　大切だけど
忘れる勇気　思い出そうか

ねむい朝　むかう道
出会いたい　昨日の子ども
止まる信号　待ち遠しくて
無駄にならない　時間が過ぎる

自分しめつけ　生きて来たけど
急ぎ過ぎには　さようなら
小さな子ども　うしろ振り向く
前も後ろも　楽しみあるさ

同じ顔

地面に書いた　楽しい顔は
指でみんなを　書いた顔
みんなで見つめ　みんなで書いた
楽しい気持ち　つながった
大地の上で　みんなは同じ
楽しい顔は　わらい顔

砂浜ひとり　悲しい顔は
なみだ揺らして　流す顔
胸をさすって　波消し去った
悲しい気持ち　どこへ行く
見えないはては　みんなは同じ
悲しい顔は　なみだ顔

虹を指さし　ときめく顔は
何かをさがす　光る顔
明かりなくても　手さぐり行った
ときめく気持ち　止まらない
夢追いつづけ　みんなは同じ
ときめく顔は　こども顔

雲につつんで

気持ちいい　青い空に
ぽかんと　浮かぶ
ふんわりの　白い雲

お願いごと
夢みること
雲につつんで　いつでも
こころの　どこかに
ぽかんと　浮かべておこう

はっきり　しなくて
ぽかんで　いいから
ふくらませて　浮かべておこう
沈めないで　浮かべておこう
沈むこと　あったら
ぽかんと　上むこう
雲につつんだ
お願いごと
夢みること
涙流して
こころに　あふれても
こころに　ぽかんと
大きくなって　浮かんでくる

ふくらむよ

下ばかり　うつ向いて
胸しめて　歩いていると
胸がしぼんで　嫌なこと
風が運んで　ふくらむよ

空みあげ　胸ひろげ
雲すって　歩いてみよう
もくもく勇気　わきだして
夢みる気持ち　ふくらむよ

夢を見て　笑顔ふくらむ
胸のなか　軽くふくらむ
ふわふわと　うきだして
うきうきと　楽しくなろう
勇気いること　わかるけど
元気あつめて　ふくらまそうか

前むいて　上を見て
胸あけて　歩いてみよう
胸の奥まで　いいことを
風が運んで　ふくらむよ

後ろ見て　過去いかし
追い風に　歩いてみよう
きらきら未来　先まわり
みんなの笑顔　ふくらむよ

すきま

みんながいるから
みんなの間に
すきまがある

すきまだらけで
いいから
心配はいらない

すきまがあるから
そっとしてあげられる
何かあったら
となりに入って
ふんわりそっと
やさしく温められる

きらきらの泡が
浮いてくるのも
どこかのすきまから
つまりすぎの
つめすぎから
何も浮かばない

何も浮かばない
真っ青な空に
遠くから飛行機の
音がなったら
大空ぐるっと
見わたそうか

空のすきまに
飛行機ぐもが
未来の線路
つけて飛んでくる

こころの奥で
しずかに待っている
希望の飛行機
すきまを空けて
おもいきって
飛ばしてみよう

立入禁止

立入禁止　ぼくのそば
胸のなか　ガスでいっぱい
ちょっと火花　チラつかせれば
赤い爆発　みんな迷惑
どうしたら　たまった気持ち
みんなのように　うまく出せるの

森がわらって　木がゆれる
風もさそって　青葉手をふる
森のなか　歩いてみよう
はじめてを　試してみよう
緑の炎　胸がふくらむ
赤い爆発　全然しない

さようなら　立入禁止
ぼくの道　こころ開こう
赤く燃えすぎ　たまに道草
緑たどって　やさしくなろう
森のすきまに　見える青空
鳥もはばたき　青空めざす
ぼくのこれから　つける火花は
青空飛ばす　夢のロケット

立入禁止　わき置いて
胸のなか　入口あける
何が来るのか　わからないけど
こわいの本音　ゆっくり来てね
どうしよう　ガスたまり過ぎ
緑の森の　炎ロケット

バウムクーヘン

バウムクーヘンの　焦げた線
焦げた線に　いるときは
ただ必死に　もがいて焼ける

もがいて焼けて　乗り越えて
ふんわりスポンジ　甘くふくらむ
笑顔ふくらみ　明るくなれる

何度なんども　繰り返す
ぐるぐる迷い　繰り返す

数えきれない　焦げた線
焦げた分だけ　笑いも増える
香ばしい　人生の年輪

焦げる線に　スポンジふくらみ
甘くて楽しい　未来ひろがる

バウムクーヘンの
香ばしい人生

今あること　一つひとつ
迷い回って　層を厚くしよう

枯れた花

今日枯れた花が
蝶の妖精になった

花の羽で
蝶の妖精が
夜空の天井
ぱたぱた扇ぐ

雲にからんでいた
みんなの夢が
きらきら流れて落ちる

さあもう一度
夢をみて
夢をひろって
夢みなおそう

枯れても　枯れても
夢を咲かせよう

ハートの落とし穴

きゅんと誘う　ハートマークの
落とし穴　私がほった
ずっと前から　胸の奥から
ドキドキつつき　大きく開けた

あなた私に　着いて来て
言葉で押して　恋誘うから
ハートマークの　落とし穴
ふいつき押して　あなた落とそう

恋の作戦　今日がはじめ
恋の道　よくわからない
ドキドキ胸が　からだ押すから
好きといきなり　言ってしまった
言葉が落ちる　落とし穴
戻らないから　あなた引っぱる
ハートマークの　落とし穴
わたし見つめて　ふたりで落ちて

ドキっと走る　ハートマークの
恋の球　あなたが投げる
手早い恋の　デッドボールで
好きと言われて　胸がやぶける

あなた私を　ふいついて
どこも見えない　恋つき落とす
ハートマークの　落とし穴
予想できない　恋の作戦

ハックション

天気いいから　買い物へ

どのお茶パック　選ぼうかな
こころ静かに　濁らないよう
しーんとお茶を　考える
ハックション
となりの人に　ただ驚く
大きなくしゃみ　どきどき
びっくりしたな　声飛び出る
あっ鍋しよう　お茶を濁す

どのだしパックを　選ぼうかな
こころ回して　だしが出るよう
しーんとだしみて　考える
ハックション
となりの人に　ただ驚く
大きなくしゃみ　ふつふつ
頭の中が　湯気爆発
気分を変えて　今夜はお酒

どのお酒パック　選ぼうかな
こころにっこり　愉快にしよう
しーんとお酒を　考える
ハックション
となりの人に　ただ驚く
大きなくしゃみ　なになに
あなた誰なの　じろりにらむ
すごい偶然　十年ぶり

久しぶりだね　飲み行こう

うそ

かくしたくて
言わないで
かくし通せるまで
言いたくなかった

かくせなくなったから
でも言えなくて

かくしたくて
うそ言って
かくし通せるまで
うそ重ねすぎた

白い雪に
うそを重ね
降って積もり
まっしろになって
うそまた重ねて
くり返えした

時もすぎて
春になって
とけた白い雪が
地面の一面に
うそぎっしり見せる

時もすぎて
今になって
うそをついた過去が
明るい現在に
うそ寂しく咲かす

かくしたくて
かくせなくなったから

消えはしないうそ
見えなくするほど
自分がきれいな
光を放って
まぶしくなりたい

きれいな自分に
変わり続けたい

まだまだ
やり直せるんだ

日差しの帽子

日差しの帽子　僕かぶり
大人の世界　冒険しよう
大人みんなに　日差しの帽子
僕がかぶせて　手を引いて行く

大人の世界　現実色で
子どもの世界　夢をみる色
やさしく撫でて　手に色つけて
もらって混ぜる　気持ちの絵の具

自分の色に　夢と現実
混ぜ合わせ　大人になろう
日差しを浴びて　ゆっくり日焼け
ゆっくり歩き　大きくなろう
勇気冒険　なくした時は
日差しの帽子　かぶり直そう
日差し向かって　笑ってみよう
笑顔もようの　こころの日焼け

日差しの帽子　かぶせられ
僕いま大人　子どもと歩く
子どものみんな　日差しの帽子
くもり空でも　こころが光る

目の前見える　現実だけど
子ども世界も　冒険しよう
やさしく繋ぎ　手を引っぱって
日差しの帽子　明るい未来

日差しの綱

雨がするする　糸のように
みんなのもとへ　降ってきた

さあ引っぱって　雨の糸を
両手あげて　大空いっぱい

どんより雲の　ふたを開けよう
少しだけ　日差し顔だす

さあ引っぱって　日差しの綱を
両手あげて　大空いっぱい

きらきらドンドン　打ちつける日差し
滝になって　体に浴びる

まぶしい日差しが　はしゃぐ子どもの
ひとみ泳いで　大人に跳ねる

子どもがくれる　キラキラ光
こころの闇の　ため息を消す

勇気を出して　大きな口あけ
両手ひらいて　笑ってみよう

いいことが　両手の中
気持ちがよくて　入って来るよ

はみだす笑顔

顔から笑顔　はみだして
笑顔ふくらむ　僕らはこども
僕らふくらむ　楽しい気持ち
おとなにも　あげたいの
両手ひろげて　花のよう
笑顔花束　受けとって
はみだす笑顔　おとなに分けて
おとなの顔を　笑顔にしたい

顔から笑顔　てれかくし
笑顔しまって　私はおとな
こどものくれる　やさしい気持ち
こどもから　涙ぽろ
両手くるんで　花のよう
笑顔花束　ありがとう
笑顔のつぼみ　自然と咲いて
おとなの顔に　笑顔はみでる

お絵かき

泡だてる　お母さん
台所で　はなうた
まっしろな　さらのなか
ぷるっと浮く　しゃぼん玉
ふわっと息で　泡が飛び
るんるんと　しゃぼん玉

見つめてる　こどもたち
台所で　お絵かき
まっしろな　紙のなか
お母さんの　やさしい顔
しゃぼん玉に　お母さん
きらきらの　やさしい顔

欠けたカップ

欠けたカップで　熱いコーヒー
浮き上がる　おさない記憶
ずっと使って　欠けてもそばで
ほっと安らぐ　ひびわれカップ

田んぼ道　手をひかれ
かえるの音符　まねて歌った
暗い夜空の　翼からだに
怖さこころに　あたって落ちた
大きな背中　そっとかくれて
流れ星　そっとわらった

長い道のり　過去未来
鋭いガラス　集めた瞳
どう思われて　いるのか怖い
われて突き刺す　瞳も怖い
うまくやろうと　手を握りしめ
傷つきふっと　止まりたくなる

ひとり怖くて　歩けない時
いつもやさしく　息かけくれた
あったかい　背中が今も
そっと顔だし　こころ安らぐ

欠けたカップで　熱いコーヒー
忘れない　これから未来
ひびわれた　道あゆむ時
ひびわれカップ　勇気をそそぐ
こころ欠けたら　欠けたカップが
ふさいでくれる　しみるぬくもり

雲の傷

雲だって
急ぐときは
あわてて
強い風に
乗っていく

雲だって
傷ついたときは
かすれて
ほかの雲が
傷かくす

ぼくらは
雲より
小さいから
たまにはちから
入れないで
ふっとそっと
やわらかく
生きても
いいのかな

ふっと胸あけ
助け求めて
いいのかな

雲をもくもく
見あげるぼくら

雲はやさしく
ふんわり見おろす

ひねり

まっしろな　記憶の紙に
思いがこぼれ　しみ込みます
これを　思い出といいます

思い出が　重くて沈みます
これを　忘れるといいます

忘れると　進むこともできます
これを　前向きといいます

前向くと　後ろが気になります
これを　不安といいます

不安は　悪いことを考えます
これを　落込みといいます

落込みを　違った目で見ます
これを　変わり目といいます

変わり目を　またげば勇気が出ます
これを　羽ばきといいます

いろんなことを考えると
思いは渦巻くように
頭にたまります

たまらなくなった時は
たまった悩みをひねって
外に出します

いい考えがたまります
いい加減に悩むこと止めて
外に出ます

いろんな風が入ります
吸って吐いて
それでいいのです

悩みだらけでは
いくらひねっても
いい考えは浮かびません

嫌な思い出は
勇気を出して
どこかしまい忘れましょう

嫌なこと　ひねって出して
いいこと　ひねってためて
まっしろな　記憶の紙に
いい思い　しみ込ませましょう

泉へお願い

森の泉に　夕暮れひとり
水をもらいに　ほっと息のむ

ひとすくい　波うち返り
泉が笑い　胸をくすぐる

ふっと思った　願いごと
滴の中に　きらきら入る

木の葉一枚　泉の中へ
願いかなえた　自然のこたえ

ありがとう　願いかなった
優しさほしい　願ったから

帰りには　優しくなって
にっこりできる　自分になれた

悲しみワンワン

こころが　ワンワン
泣いて　見つめている

悲しいけど　ほっておく
さっき優しく　さすって
ひもを外して　好きにさせた

あとは　ごめんね
泣き止むのを　だまって見てる
前行くのを　だまって見てる
でもね　ワンワン

おこってる　わけでも
ほっておく　わけでも
ないのだから

ないところから
今までにない
強さが　生まれてくる
きっかけも　大事なんだ

曇った鏡

気にもならない　言葉のはずが
気持ちすり傷　乾いていない
心にしみて　涙がぽろり
部屋の鏡に　なぐさめられる

いつも部屋には　戻れはしない
胸と心が　ひとりで騒ぐ
自分はどっち　いいの悪いの
誰かの瞳　聞いてみようか

かくれた僕が　悪く手を引く
いいことも　悪く言いだす
勇気を出して　誰かに聞こう
厳しい答え　もらってみよう
落ち込んで　曇りガラスの
僕の鏡を　磨いてもらう
素直に自分　見つめ直して
いいことは　素直笑おう

気にもならない　言葉ひとつも
気持ちひとつで　変わってしまう
たったひとつの　小さな傷も
部屋の中では　大きく見えた

部屋の外では　気持ちすり傷
みんなの息が　吹いて乾かす
自分の傷が　大きすぎなら
たまには部屋で　笑ってみよう

いまをもう少し

森の光が　くすぐる家で
気分をかえて　月日がたった
朝の陽ざしを　乗せて蝶が
はじめての羽　空さすって行く
蝶のように　うぶ毛の勇気
はばたけば　強くなるかな

やすらぐ自然　やさしく笑う
すこし冒険　遠くへ歩く
ほほなでる　やわらかな風
こころの錆を　やさしく落とす
暗い夜　早く来るけど
あたたかな　気持ちに眠る

都会の光　活き活きさせて
こころと体　誘ってくれる
森の光は　勇気を育て
こころと体　すき間をつなぐ
うぶ毛の羽を　きらきら照らし
私のこころ　空へ押し出す
うぶ毛の勇気　強くなるまで
もう少しだけ　いまをください

都会あかりが　ときめく家は
遠くはなれて　月日がたった
都会の笑顔　いまも大好き
いまのふるさと　空流れ星
都会の空に　街のきらめき
もう一度　羽ひろげよう

エックスの答え

人生は　複雑な道
この先どこへ　つながるだろう
答えはひとつ　とは限らない
いろんなことを　試してみよう

わからないから　白紙の道に
エックス書いて　なにか入れよう
エックスの中　今ある答え
入れて前むき　歩きだそうか

違う方向　進んだときは
答え入れかえ　また始めよう
エックスイコール　何度でも
やり直せる　魔法の答え
時代かわれば　風向きかわる
エックスそのまま　答えかえよう

人生は　慎重の道
不安だらけで　進めないから
白紙の道に　エックスを書く
エックスの中　今ある答え

白紙の道に　答えを書くと
書き直すのは　大変だから
エックスの中　いつでも答え
入れかえ進み　何度も行こう

いやしの駅

草原で　草をかきわけ
風が線路を　走らせ進む

風の列車　びゅんびゅうん
一息いれて　山の駅

もくもく白い　雲が乗る
小鳥のむれも　歌うたい
蝶がきらり　虹色ひかり
ふわりふわっと　乗ってくる

終点　いやしの駅で
ほかのみんなと　待合せ

待合せ　待つ人はどこ

ぼくは今日も　　　もくもく白い
間違いだらけ　　　雲がふんわり
涙があふれ　　　　涙をふいて
この駅ついた　　　ほっと休もう

わたしはひとり　　きらりこな舞い
今夜もひとり　　　蝶がとまる
みんな驚く　　　　こんなにきれい
恋がしたいの　　　勇気でとぼう

みんなかさかさ　　小鳥たくさん
いやしてほしい　　かわいい声で
誰かにそっと　　　こちょこちょと
打ち明けたいの　　楽しく笑う

帰る時間に　夕焼けが
いやしの駅の　灯りをつける

自然がいやし　人間が
いやされて　出会える所
いやしの駅が　どこにでもある

83

たか

ぐいぐいぐい
風をのんで
たかがはしり
獲物むかって
飛んで空を
ひっかいていく

がさがさがさ
獲物つかみ
たかがにぎり
空たかく舞い
目をきらっと
ひざしひっかく

気持ちいい空

走れば　大地が足を
けってくれ　はねて行ける
はねれば　風が背中
押してくれ　前とんで進む
前行けば　日差しが顔
照らしてくれ　手を振り笑う
みんなみんな　気持ちいい空
希望みあげ　雲はふくらむ

笑えば　みんながあとを
着いて来て　勇気くれる
もらえば　胸ふくらみ
思い切り　一歩ふみ出せる
ふみ出せば　日差しが夢
照らしてくれ　追いかけつかむ
みんなみんな　気持ちいい空
明日めざし　大地つながる

夜の穴

夜になんだか
ぽつりと涙

指先で
涙をすくう

窓を開け
夜空の　真っ黒な紙を
涙の指で　そっとつついた

夜空に穴あき
かくれた光
こぼれて涙
流れ星

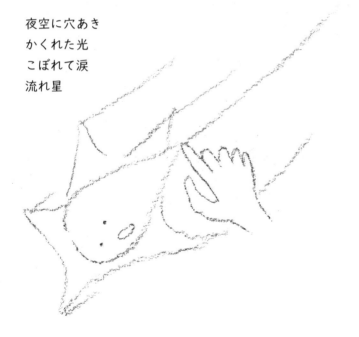

夜も光を　背負って
つらいとき　あるのかな

こころ暗くて
明るさが　つらすぎる時
目をつぶって　流れ星
きらきら涙　流していいのかな

重いこころは
背負い　よしよし
ゆらして　にっこり
にこにこ涙　流していいのかな

けんかの恋

初めての浜　オレンジの波
目がしみチラッ　あなた見る
目が合いキュン　きゅっとそらす
私すっぱい　恋してた

まぶしい夕陽　雲はみだして
あなた眩しい　影と声だけ
何も見えない　波と心の
引く瞬間　恋追いかけた

真っ青な海　思い出が
真っ白に　波立ち消える
今はけんかの　波立ち荒れて
胸の砂浜　けんか傷あと
そらせば青く　さようなら
見つめれば　赤く大好き
やさしい波で　何度もなでて
初め戻して　初めての浜

星見える浜　僕ひとりだけ
波寄せほらっ　なにか言う
けんかは恋を　引き寄せる波
乗って越えよう　恋してる

僕のあなたが　雲にかくれて
僕の気持ちを　真っ暗にする
何も見えない　夜ひとつ星
あなたも同じ　星を見つめて

僕みんなで

僕ひとりでは　できないときは
いろんな僕が　助け合う

喜ぶときは　怒りだす僕
少し顔みせ　浮かれすぎない
喜ぶときに　浮きすぎ僕は
ひとりでは　周り見えない

怒りだすとき　悲しい僕に
怒る元気を　なくさせる
怒りだすとき　いらだつ僕は
ひとりでは　燃えすぎ噴火

悲しいときは　楽しい僕に
悲しみ投げて　笑わせる
悲しいときに　下向く僕は
ひとりでは　涙たりない

楽しいときは　喜ぶ僕を
素直に見つめ　ありがとう
楽しいときは　苦労の結果
ひとりでは　今はなかった

自分の中で　助け合い
いろんな僕が　ぐるぐる回る

雲たべる

暗い雲が　明るい空を
たべていく　もくもく

お腹いっぱい　たべた雲
光る息はく　きらきら

今日も夜空に　星がでて
明るい空　また明日

たべこぼしの　明るい空
重すぎて　流れ星

明日の空も　明るくしてね
暗い夜に　陽ざしの夢みる

一瞬の妖精

風がほほを　一瞬
とまって　流れて行く

ざわつきが　一瞬
とまって　静かになる

一瞬が　いつくるか
考えても　わからない

悲しみが　一瞬
楽しみで　消えて行く

一瞬の　妖精が
気持ちさすって　変えてくれる

瞬間に　変わってしまおう
妖精が　通り過ぎた

悲しみつんつん　押し出して
さよなら涙に　流そう

93

こつん小石で

こつん小石で
つまづいて

ごつん心に
岩あたる

心ひびわれ
穴あいた

あいた穴から
あふれる涙

涙で小石
涙で流す

つぎ来る人が
ありがとう

つまづく小石
なくなった

思わぬことも
よいことあるさ

こつん恋して

こつん恋して
つまづいて

ごつん心に
岩あたる

心ひびわれ
穴あいた

あいた穴から
あふれる涙

涙で恋し
涙で流す

つぎ来る人が
誰だろう

つまづく恋し
涙いや

思わぬ恋も
よいことあるさ

うぶ毛

計算敷きつめた
石張りの道でも
長い年月に
流され波うち
でこぼこになることも
隙間あくこともある

そんなところには
大地の土もり
つなげてみようか

人間のこころの
でこぼこと隙間には
生まれたての優しさ
見えない息を
吹きかけて
ふんわり
包んであげようか

赤ちゃんの
優しいからだを
生まれたてのうぶ毛が
きらきらそっと
包んで守るように

夢の絵

ぼくだって絵くらい
書いたことあるから

きれいな下絵に
なんども色
塗りつぶせば
見えなくなること
知っている

ぼくの胸のなかに
描いた夢の下絵

はじめは広くながめて
いろんなこと挑戦しよう

だんだん
浮き出したい所
なんども何度も
努力つみ重ね
外に出して塗りなおして
あつく重ね
下絵を見えなくしよう

だんだんうまくなって
夢の絵完成させよう

虹の下絵

道に転がる　石ころけって
どっちに飛ぶか　わからない
ぼくら人生　右に左に
戻り進んで　先をめざそう

道に垂れてる　電線だって
日差し影つけ　虹でる下絵
好きな色つけ　塗りなおして
何度でも道　虹をかけよう

何が起こるか　先わからない
不安あるけど　一歩だそうか
前むき進み　わらってみよう
太陽せなか　あったかくする
遠いようでも　こころ近くて
厳しいだけが　人生でない
進む道には　虹でる下絵
道の色かえ　やり直そうか

夜の暗やみ　石ころけって
道につまづき　どうしよう
ぼくら人生　転んで起きて
前を手さぐり　光めざそう

見あげる夜に　電線ゆらり
波うち浮かぶ　虹色の星
好きに結んで　道をつくろう
何度もたどる　道があるから

オレンジの夕陽

熱すぎる　海をなぐさめ
世界中の　魚が集まる

きらきら魚　からだ寄せ合い
銀色の鏡　海をまもる

夕陽が見つめ　銀色の鏡
オレンジ光り　夕陽がふくらむ

大地はてまで　空のはてまで
心の奥まで　オレンジにてらす

手を空にむけて　みんなの手の影が
誰かをつないで　広がっていく

つなぐ手の影　まるい地球
どこまでも広く　おおっていく

つないで広がる　気持ちいい影
つないで冷やす　暑い地球

地球が　気持ちいい
みんなどこでも　気持ちいい

丸い地球

地球は丸い
丸いのだろうか

大地に立って
まわる地球
足の下にも
まっすぐな
道がある

地球のまんなか
集まる道
みんなの道
引き寄せられる道

世界のはても
みんなで同じ

みんなひとつに
引かれるまんなか
心ひとつに
線香花火

みんなとけ合って
丸くなって
熱く燃やそう
青く輝かそう

ひとつの地球
平らでないから
いろんなこともある

平らでないから
丸い地球
始まりも終わりもない
一緒に行こう

春の一歩

天気いいから　今日の朝は
白い雪　踏んで行こうか
ひとつ一歩を　踏み出すたびに
ひとつ足あと　冬に穴あけ
春風ふいて　冬の足あと
くつにして　冬つれて行く

陽ざしに押され　先を歩んで
白い雪　とけて輝く
ひとつ一歩を　足あげきらり
ひとつ足あと　ダイヤの滴
ダイヤみずやり　春の足あと
あわい芽が　春を湧かせる

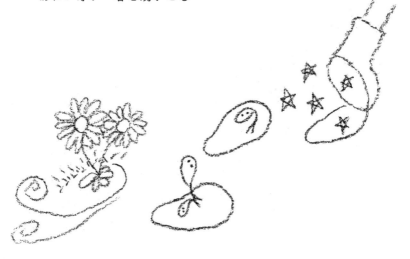

春の赤ちゃん

土の坂　春がのぼって
ふくらむつぼみ　見つけて止まる
そっと見つめて　きらきらと
顔だし笑う　ふきのとう
よしよし　赤ちゃん
わたしがママよ　ママは春
わたしが　陽ざしの息で
あたたかく　包んであげる

空の坂　冬がさよなら
春の雨ぐも　見つけて戻る
冷たい雨に　つんつんと
打たれ泣きだす　ふきのとう
よしよし　赤ちゃん
ママと笑って　パパは冬
ふたりを　雪のわたげで
ふんわりと　守ってかける

春とんとん

とんとんととん
春まだですか
地面のとびら
こどもがたたく

ちがう方向
とびら開けては
だめですからね

紫色の
服着たぼくを
目ざして来てね

青いお空と
赤いほっぺを
光でまぜた
紫だから

からだ包んだ
笑顔の服も
目じるしだから

ぼくの前来て
春のとびらを
そっと開けてね

眠って起きて
朝が顔だす

おめめぱちぱち
葉っぱ顔だす
ぼくたち見つめ
葉っぱぱっぱ

足跡つける恋

冷たくて　白い雪みち
うつむいて　歩いてた
はく息は　白い迷いが
春なのね　光に消える

ほほふっと　枝の雪とけ
ぽつっと滴　きゃっと笑う
もう春が　背中おすから
転んでもいい　恋しよう

足跡のない　恋の雪みち
あなたへ一歩　ぎゅっと歩む
迷いまよって　言葉が胸を
飛び出して　春ひとり旅
あなたに言おう　大好きと
涙きらりと　落とす恋でも
雪に足跡　つける恋
春の風　そっと消す

待っていた　白い雪みち
あなた見て　近寄った
はく息が　まだ冷たくて
真っ白で　すべって転ぶ

目ちらっと　手を取るあなた
にこっと笑い　きゅんとつつく
大好きと　ふたり見つめて
言葉かさなる　恋奇跡

109

淡い蝶々

淡くて透ける　春だから
淡くて透ける　羽ひらり
ゆらゆらと　蝶々まう

せっかくの　春だから
せっかくの　花々を
どこへでも　見せてあげたい

黄色い花に　羽ひろげ
ぱたぱた化粧　花もよう

羽に花つけ　ふわりふわふわ
羽ひろげ　晴れ着で笑う

陽ざし目指して　はばたいて
きらきら光り　飛んで行く

あまい花　夢の未来を
自分でさがし　飛んで行く

なにか春

雪の草原　戻った陽ざし
炎のトラが　駆け抜け走る
熱い足あと　ざくっざくっと
雪に穴あけ　みどり顔だす
まだ早い　みどり眠くて
雪の穴には　ほっと雪ふる

体になにか　あたるから何
淡いみどりの　春風のはね
体ぶつかり　ふわっふわっと
広い大地に　種まき散らす
春風が　種をさすって
みどりの花火　そっと上げだす

うずくこころに　期待にこたえ
炎のトラが　駆け抜け走る
つぼみふくらみ　きゅんきゅんと
さくら咲き出し　空さくら色
声をあげ　春風吹かせ
炎のトラが　北風を追う

さくら占い

さくらさくらが　風に舞う
うらおもて　さあどちら
わたしのための　さくら占い
おもてを見せて　踏み出せるから

喜びか　悲しみか
どちらが来るの　心ちらちら
さくら占い　うら返し
悲しい今日　つむじ風吹く

さくら回って　春風吹いて
さくら再び　春舞いあがれ
悲しい今日　おもてを出して
笑顔のわたし　おもてに出して
気になって　前に行けない
振り向くわたし　うらに返して

さくらさくらが　風にのる
歩いてく　わたし追う
わたしのために　さくらの吹雪
おもてもうらも　気にせず行こう

いいことも　後悔も
月日にながれ　心さらさら
さくら占い　うら返し
もう気にしない　さくらの吹雪

桜ぽつり

咲いてゆれる　桜の花に
あわい雨　ぽつりふくらむ
あわい輪郭　そっとつたって
恋のはじまり　くるくる落ちる

月も顔だし　桜の花が
白く息はき　ふたりをつつむ
桜ちらちら　春の夜舞って
ふたり手をそえ　ほほ桜いろ

はっと目が合い　きゅんとつぼむ
胸の奥咲く　恋の花びら
舞って待てない　ふたりの恋を
たたく鼓動が　花咲けせかす
咲いた桜も　つぼみに戻る
散るのがこわい　恋のはじまり
桜の舟に　恋を乗せ
ふたりの間　行ったり来たり

ゆれて落ちる　桜の花が
道を塗り　滴でにじむ
ふたり手をとり　ぎゅっと歩く
恋のふくらみ　ふわふわ桜

月が影つけ　桜の花が
白くふぶいて　ふたりを照らす
桜きらきら　春の夜照らし
ふたり見つめて　胸桜いろ

泣きたくて悲しくて

泣きたくて　悲しくて
ひとりでは　いれなくて
さくら見つめて　見つめられ
風吹かれ　泣いている
とつぜんの雨　さくらつつかれ
さくらも涙　流しだす

空を見て　目に雲いれて
さくらの涙　雲でふく
遠くの陽ざし　目に焼きつけて
さくらの涙　陽ざしで乾く
風に吹かれて　散らないように
さくら包んで　手のつぼみ

泣きたくて　悲しくて
やっぱりやめて　忘れよう
たった今日の　さくらのために
たった今　ふくれた勇気
さくら守って　笑わせて
悲しみ忘れ　笑ってみよう

心のつぼみ　咲かせ笑おう
さくらのくれた　やさしい気持ち

さくらんぼの恋

いつもの通り　さくらんぼ道
風でそわそわ　さくらんぼ
まだ青い　陽ざし浴びてね
赤いお化粧　もう少し

すれちがう　あなたをそっと
見上げて恋の　さくらんぼ道
青い顔して　さくらんぼ
わたし見つめて　真っ赤だよ

真っ赤な顔で　枝を見上げる
さくらんぼ　二つつながる
手をのばしても　届かない
あなたと恋を　つなげたい
胸ぶらさがる　期待と不安
青く怖がる　さくらんぼ
さくらんぼ　赤くなったら
あなた見つめて　好きだと言おう

いつもとちがう　さくらんぼ道
赤くどきどき　さくらんぼ
届くかな　あなたの胸に
二人をつなぐ　さくらんぼ

すれちがう　あなたを止めて
見つめて話す　さくらんぼ道
二つつないだ　さくらんぼ
大好きだから　手を出して

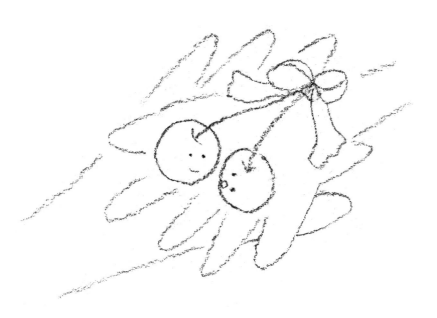

夏のとおり雨

夏の急な　とおり雨
緑も息を　吹きかえす
街もきらきら　光にあふれ
歩くみんなも　きらっと光る

嫌なもやもや　こころの雲を
進路変更　どこか飛ばそう
とおり雨　洗ったばかり
きらきら光る　道を進もう

過ぎたこと　変わりはしない
わかっていても　追いかける
とおり雨　こころ洗って
先へ進める　希望のダイヤ
光る滴を　からだ中に
浴びて落として　もやもや消そう
予想できない　未来冒険
悔しい涙　洗ってくれる

雨が上がって　水たまり
とけた夕陽が　炎だす
瞳ゆらゆら　炎であふれ
流れる涙　さらっと乾く

今日とことこ　進んだ道を
明日へつなげ　積み重ねよう
とおり雨　ダイヤの滴
わくわく誘う　虹色未来

かみなり

祭り帰りの　とびだす山に
うっすら浮かぶ　白い雲
風が雲を　くるくる回す
もくもくふくれ　わたあめ雲

あまい夢見る　夏休み
楽しみも　もくもくふくらむ

暑い日差しで　まっくろ日焼け
わたあめ雲も　まっくろ雲に

青い空も　暗くなって
帰る時間　かけて走る

鳥たちも　慌ててよそ見
まっくろ雲を　ばちっとつつく

まっくろ雲が　ばしゃと破ける

あっちで　どんどこ
こっちで　ぴかぴか
まっくろ雲が　かみなり雲に

どんどこ　どんどん　空の祭り
ぴかぴか　がしゃん　空の踊り

雨もはしゃいで　ばしゃばしゃ
ぐしゃぐしゃ　どしゃぶり雨

お日様が　慌てて走り
空のかさ開け　にっこり笑う
しゃぼん玉　空いっぱい
くっつき合って　虹いっぱい

手に持った　白いわたあめ
雨にとけて　白い雲になる

こころの日焼け

闇から日差し　にじみ出て
まるまり眠る　ベットが
いつも同じに　坂になる
転げて起きる　ああ朝か

起きたくは　ないけれど
とんぼ羽だし　きらり空へ
ぼくもそろそろ　空へ飛び
ほんとの自分　見つけてみよう

ちょうどいい　夏がきた
区切りもいい　こころ入れかえ
積み重ねた　淡いこころを
からっと焼いて　たくましく日焼け
こころの下地　こんがり焼いて
ふっくらふくらむ　夢みよう
とんぼ追いかけ　ぷるぷる飛んで
見てない世界　ためしてみよう

からだに日差し　しみこんで
弱さひびわれ　こころが
毎日少し　強くなる
大きな羽が　ああうずく

起きたくて　飛びたくて
とんぼも日差し　ふれて空へ
ぼくもばりばり　殻こわし
日差しめざして　少しずつ行く

こかげの中で

気持ちいい風　ほほなで走り
髪がうしろへ　流れてく
うしろ髪　飛び跳ねまわり
背中くすぐり　わたし呼ぶ
なんだろう　振り向くと
こかげそよそよ　呼んでいる
風のりくるり　道もどり
こかげの中で　日差しと遊ぶ

日焼けの肌を　太陽が呼ぶ
青空みあげ　さあ行こう
うしろ髪　こかげひっぱり
小鳥の声も　足とめる
なんだろう　前みると
光ぴかぴか　おこりだす
雷あめに　風吹いて
こかげ吹き飛び　虹まち合わせ

まるい輪

めだかが池の　てんじょう
つんつんつつき　まるい輪ひらく

こどもが池の　水面を
どきどきのぞき　まるい輪ゆれる

おとなが池の　ふたつの輪
にこにこ笑い　まるい輪つなぐ

みんなみんなは　仲よしだから
みんなみんなで　笑いだそうよ

夕やけぞらに　夕立ちが
ぷるぷるしずく　きらっと落とす

しずくが池の　水面を
ぽつぽつはじき　まるい輪ひらく
そら見あげれば　虹がでて
夕日が赤く　まるい輪ひらく

みんなみんなは　つながって
夕日にまざり　また明日

恋のマーブリング

こかげの泉　ぷくぷく泡が
わきだして　夏がはじける
あなたを見つめ　胸がじゅっと
強い炭酸　ジュースがつつく

こかげの風に　あなたの香り
となりでそっと　胸がどきどき
こころの中に　すます自分と
真っ赤な自分　恋マーブリング

静まりかえる　こころの泉
湧き出てつつく　初めての恋
約束をした　うちわで恋を
送りあっこの　花火大会
待っている　夏の浴衣の
気分模様は　恋マーブリング
わからないから　のどがからから
強い炭酸　びりびりの恋

花火の音が　どんどん迫り
ふたりの手　飛び出てにぎる
見つめるふたり　花火きらっと
今年の夏の　思い出が焼ける

花火の風に　香ばしい恋
焼けすぎないで　胸がすきすき
こころの中に　あがる炎と
落ち着く泉　恋マーブリング

せんこう花火

せんこう花火　しゅっしゅっと
火がついて　くるくる回る
ぼくら未来を　しゅっしゅっと
勇気つけ　ぐるぐる行こう

約束の　線路いいけど
下書きのない　まっしろの紙
進んだ跡が　ぼくらの軌跡
熱い心に　はじけていいか

人生一度　奇跡しんじて
大きな未来　夢を描こう
せんこう花火　しゅっしゅっと
心たたいて　熱くする
みんなきらきら　瞳をよせて
まるい輪になる　ぼくらの世界
ひとりひとりが　大きなちから
長い未来の　ぼくら閃光

せんこう花火　ゆらっゆらっと
風吹いて　うるうる揺れる
ぼくら未来は　ゆらっゆらっと
どうなるか　ぶるぶる怖い

落としても　せんこう花火
下書き残る　出発点
落とした焦げ目　ぼくらの軌跡
みんなつなげて　わらって行こう

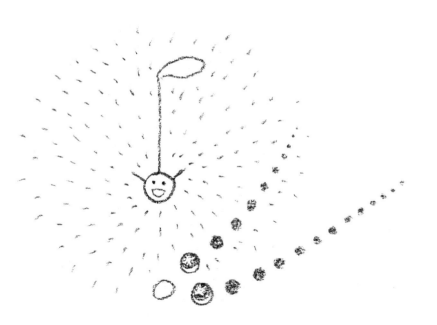

花火

わたしは　まんまるの月
きらきら　お星さん
今日は　わたしがいっぱい
きらきらの　お星かくすから
月のあかりで　お星消す
まんぱいの　ひかる夜空

ぼくは　もくもくの雲
まんまる　お月さん
今日は　ぼくがいっぱい
まんまるの　お月かくすから
雲の綿で　お月消す
まんぱいの　ひかる綿あめ

今日は真夏の
今日だけの夜

見てごらん　大地から上がる
大きな花火　どんどんどどん

空に向かって　はばたいている
こっち向かって　はばたいている
精一杯　大きな空へ
夢ひろげて　はばたいている

今日花火が　つぼむまで
すこしの間　暗くする
そっと　雲のすきまから
大きな花火　のぞいてみよう

世界のみんなが
ほらほら
大きな花火で
きらきら
瞳かがやいて
輪になって
見上げてる
こんなにきれいな　ひかりの輪
空にはないから　涙雨

夏祭り

あおい夜空の　果てを目がけて
炎の球を　ぼんぼん投げる
ダイヤの滴　きらっと花輪
炎の花が　夜空でおどる
きらきら花火　こころ揺さぶり
花火が瞳　焼きつけ涙
さあだれ投げる　負けない花火
みんなかけ声　夏祭り

あつい夜空の　花火の汗に
みんなの声を　ぱたぱた扇ぐ
うちわをたたき　夜空の祭り
炎の花が　滝に流れる
ばちばち花火　こころ打ちつけ
花火がほほを　かすってどきり
さあだれ拾う　思い出花火
みんな追いかけ　夏祭り

すき間の花火

ビルのすき間に
ほんの少しの
花火が見えて

心のすき間に
隠れていた
本当の自分
ちらっとのぞく

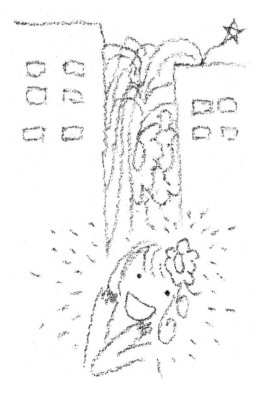

花火どんどん
心ひびいて
どきっと驚いて
きゃっと笑う

本当の笑顔って
自然に顔いっぱい
はみでるから
はみでた笑顔
もったいなくて
夢が近づいてくる

笑顔ください
夢が笑顔さがしに
ビルのすき間にも
花火上げて照らす

ふるさと

道の陽炎　早くと誘う
せみがはしゃぎ　雲が泡立つ
夏休み　都会から
お兄ちゃんを　駅まで迎え
都会の風を　電車が降ろし
ふるさとの風　抱きしめ笑う
子どもに戻り　むかしが帰る
お帰り夏の　風鈴のこえ

空うつ花火　うちわで扇ぎ
火ばな目の前　笑って逃げる
夏休み　ふるさとが
お兄ちゃんを　子どもに戻す
ふるさと花火　散り出す夜空に
都会の話　夢を咲かせる
肌さする風　違っていても
家の明かりが　影でつなげる

笑う朝顔　笑顔おはよう
流れる雲が　遠くを目指す
夏休み　もう帰る
お兄ちゃんを　駅へ見送り
みんなの夢が　電車に乗って
みんな無邪気　都会へ向かう
みんな見つめる　流れる雲が
どこでもつなぐ　ふるさと二つ

とうもろこし

いちだん
増やして　空めざす
毎日少しのびて
いちだん
明日へ　希望もつ
とうもろこし

いちだん
上がって　上を見る
もうすぐ頂上
いちだん
下見て　手をつなぐ
とうもろこし

いちだん
握って　空着いた
風に金の花吹き
いちだん
無限の　空つなぐ
とうもろこし

いちだん
笑って　食べてみる
おいしい今日笑顔
いちだん
明日も　笑顔さく
とうもろこし

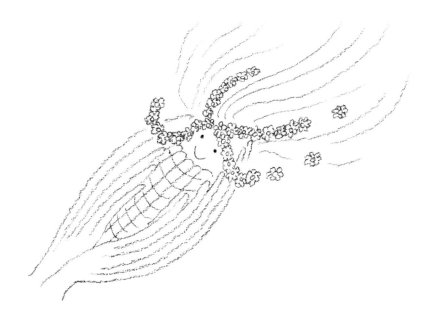

すいかの種

すいかの種が　しおりになって
旅の雑誌の　ページが開く
石段坂を　家族で登り
食べたすいかは　思い出の種

一歩一歩に　汗を落として
石段坂は　光る階段
思い出話し　すいかの種が
ぷちっと胸に　家族をつなぐ

家族で登る　人生の坂
ゴール見えない　月日が過ぎる
けんかしたって　朝には消して
ひっぱり合って　坂を登ろう
幸せの種　心に植えて
ひとつずつ　焦らず行こう
うれしい涙　かなしい涙
幸せの種　水やりだから

今年の夏は　どこに行こうか
旅の雑誌を　家族で見てる
花火が見える　海の砂浜
食べるすいかは　思い出の種

きゅっきゅっと　足跡つけて
砂浜かけて　花火見ようか
旅の雑誌に　すいかの種が
そっと入って　思い出しおり

せみ

せみが暑いと　鳴いている
しくしく暑い　鳴いている

みどりの炎　森の木が
まっかに燃えて　とまれない

とまれないから　せみがぐるぐる
青い大空　飛びまわる

ぱたぱたと　涼しくしよう
ぱたぱたと　大空冷ます

なつかしい　こどもの頃は
冷えた大地の　中で過ごした

真っ暗だけど　涼しくて
明るい日差し　夢みてた

せみが暑いと　鳴いている
夢みた空は　どこ行った

せめてぱたぱた　大地に落ちて
大地を羽で　涼しく冷ます

木陰のなかも　大地の焼けた
黒焦げの土　暑い風吹く

暑がるせみを　きゃっきゃっと
涼しい風で　汗飛ばそうか

海の熱さまし

海のはてに　見えるもの
やさしくさする　ふかふかの雲

熱い青い　大きな海を
厚い白い　雲がさする

ひんやり濡れた　ふんわり雲が
海の熱を　冷ましてあげる

ほっと息つく　大きな海が
楽になって　やさしく笑う

海のはてに　見えるもの
やさしく笑う　海のさざ波

あきへの橋

しろいなつ　かがやく光
あついひざしが　かわを渡って
はばたいて　飛んでいく
とりもきらきら　飛んでいく
あとにゆらゆら
いちまいの羽根
ひざしの翼
おちばに変わる
かわ渡す橋
なつとあき　橋渡し

なつが橋　渡ってすすみ
つきよく見える　野原をさがす
とりのあと　追っていく
あきの虫の音　追っていく
きこえりんりん
はだしのなつが
しらない道を
わき目もふらず
ただ燃えはしる
しろいなつ　赤いあき

秋ちりん

夏の空
星がきらきら
うきしずみ
星がりんりん
鈴なり光る

風ふいて
流れて落ちる
鈴なりの星

ちりちりん
坂道ころげ
鈴がなり
ちりちりん
虫の声
秋おとずれる

すすき

夏の日差しが　こかげ飛び込み
風の波のり　きらきら泳ぐ
黒い蝶が　ふわっと舞って
こかげ千切れて　飛んで行く
小さくなった　夏のこかげが
またね笑って　さようなら
すすきの花に　日差しの涙
きらっと光り　秋こんにちは

すすきの葉っぱ　青空切って
日差し粉々　きらきら浮かぶ
やさしい風が　ふわっと寄って
日差しの粉を　連れて行く
すすきの花に　日差しまぶして
光るすすきの　矢がゆれる
光る花の矢　体つきさし
花の矢ぬいて　暑さもぬける

147

のぼる鮭

海からのぼる
川の鮭
川をのぼって
寒くなるほど
うろこ脱ぐ

一枚いちまい
キラキラきらきら
はがすうろこで
川がきらめく

一日いちにち
グイグイぐいぐい
流れを切って
川が泡だつ

握れない流れ
水かんでのぼる

ぼくらみんなで
時の流れを

一日いちにち
かみしめ進み
一枚いちまい
経験かさね

寒い時代も
あったかな夢
みんなに着せて

世界中に
キラキラきらきら
笑顔流そう
グイグイぐいぐい
未来つかもう

もみじの手

さびついた風　ふかれ前いく
毎日だから　もみじとわらう
手をふれば　風が伝えて
もみじが手　赤くふる
落ち葉枯れ散る　山と話して
川せせらぎに　寂しさ流す

道をまちがえ　いろんな方を
見てみたいから　もみじまねよう
見てみれば　風のやさしさ
もみじ肩　手をそえる
もみじをつかみ　息で飛ばして
過去にさよなら　手をふり進む

冬の蝶

まっかな木の葉　風がなでて
赤いお化粧　粉おとす
白い霜　粉ふき
まっかな山を　白くする
ゆらりゆらり　まっかな葉
森の川に　浮かぶ舟
冷たい川　赤く色塗り
冬への便り　たどって来て

はく息白く　風に乗って
冬がはしゃいで　やって来た
久しぶり　陽ざしが
白い蝶を　あたためる
ふわりふわり　白いはね
陽ざし乗せて　飛んで来る
もう陽ざしが　おもくて蝶
地面に白く　雪にかわる

雪だるま

屋根からなんだ　音がする
ぎしぎしぎしっ　誰かがいるの
窓から外を　のぞいても
まっしろな　雪だらけ
雪だるま　屋根に登って
すべり台　遊んでいるの
昨日つくった　雪だるま
足跡ないよ　どこにもいない
おかあさん　早くいっしょ
雪だるま　さがしに行こう

屋根からなんだ　落ちてきた
どんどんどどん　誰かが落ちた
窓から外を　よく見ても
まっしろな　雪の山
雪だるま　屋根から落ちて
雪の山　助けに行こう
ふっと笑顔の　おかあさん
積もった雪が　すべって落ちた
雪だるま　ふわり雪ふり
雪の中　春まで待とう

春まで待とう　雪だるま
春の芽そっと　抱きしめている
雪が消えれば　雪だるま
春の芽そっと　土から起こす

153

雪の花

粉雪が　灯りのまわり
きらきら羽つけ　まわりまわる

風に向かって　飛んで先めざす
真っ暗な闇　先に雪の花

咲き乱れる　雪の草原
甘い氷の　花めざす

何度なんども　吹き戻され
きらきら羽つけ　飛んでいく

雪にうもれた　花ばなが
遠くから　見守っている

月ときつね

雪に顔だす　黄色のかりん
月にてらされ　金色ひかる
さくっさくっと　きつねがすわる
なんだろう　がりっとかじる
月のひかりを　からだにいれて
きつねこんこん　雪はねはしる

きつねのはねた　雪のあしあと
金色ひかり　月おいかける
ふわっふわっと　きつねのしっぽ
月のほほ　ふんわりさする
雪の草原　しっぽでさすり
きつねふりふり　春が顔だす

155

冬の窓きゅっと

冬の冷たい　窓ガラス
涙がくねり　私見つめる
ふいてあげよう　でも待って
わたしも涙　ひとりじゃない

陽ざしが外を　気にさせるから
窓ガラス　きゅっとなでる
言いすぎだった　きゅっと泡が
こころ洗って　あやまろう

窓あけて　部屋がすいこむ
冬の息　さっきとちがう
気持ち変われば　気づく風
もう春が　待っている
ほほさす冬も　なでる春
私のこころ　まだ冬の息
奥からはいて　冷たいこころ
春に変えよう　外を歩こう

歩いて向かう　凍る道
陽ざしがきらり　私はげます
あやまる家で　ドアを開け
冬息かすれ　春の息はく

あなたの笑顔　やさしくしみて
わたしの目　じわっと涙
言いすぎごめん　じわっと冬が
今春がきて　もうとけた

冬の波

冬の海　迷った波が
行こう帰ろう　寄せてくる
砂浜に　吸われ隠れず
ふくれふくらみ　寄せてくる
なに言いたいの　さあおいで
ぼくの心の　波と遊ぼう

ぼくの心も　波があるから
気持ち合わさる　冬の波
悲しみも　泡にまぶして
ふくれた泡を　ぷちんやぶこう
ひとり波立つ　悲しみも
今日はふたり　涙しようか

ふくらむ涙　泡にかえよう
きれい消えない　心もいいさ
心さざ波　悲しみ分けて
ひとつひとつを　きらきら消そう
冬の冷たい　迷った波も
春の陽ざしが　いつか輝く
心の底の　明るい泡も
陽ざしつつかれ　ゆらゆらあがる

冬の海　こたえもらって
白く輝き　泡になる
冬風に　吹かれて飛んで
ふわりふんわり　となり来る
そっと手を出し　さあおいで
ぼくの熱い手　冬あたためる

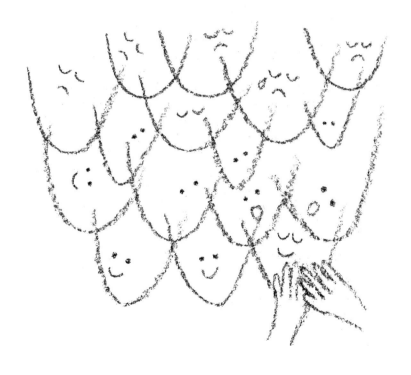

思い出話

夏のきらめき　積み重なって
ゆらゆら川が　ビー玉の底
はしゃぐ子ども　水しぶきかけ
大人も笑い　顔がはしゃぐ

冬の粉雪　積み重なって
きらきら積もり　ダイヤの世界
はしゃぐ子ども　雪玉なげて
大人にあたり　声がはしゃぐ

冬に夏　かきまぜて
思い出が　胸にしみこむ
しみこむ時が　胸に穴あけ
子ども心が　顔をだす
はしゃぐみんな　思い出話
笑い顔　近くに寄せる

春秋の雨　積み重なって
いろいろ川が　季節を変える
はしゃぐ子ども　流れる時が
大人になって　胸がはしゃぐ

始まりなんて

気持ちいい風　くるくる回る
自転車が　道をゆく

自転車は　まるいタイヤで
地面を走り　空も走る

回るタイヤの　始まりなんて
どこにもなくて　みんな始まり

地球も　まるく回る

回る地球の　始まりなんて
どこにもなくて　みんな始まり

みんな一緒に　回り進もう

タイヤ回して　自転車すすむ
地球回して　世界もすすむ

気持ちいい空　にこにこ繋ぐ
みんなの世界が　未来をゆく

いやしの扉

2024年4月23日　初版第1刷発行

著　　者　長谷川よしたか
イラスト　長谷川よしたか
発 行 者　谷村勇輔
発 行 所　ブイツーソリューション
　　　　　〒466-0848 名古屋市昭和区長戸町4-40
　　　　　TEL：052-799-7391 / FAX：052-799-7984
発 売 元　星雲社（共同出版社・流通責任出版社）
　　　　　〒112-0005 東京都文京区水道1-3-30
　　　　　TEL：03-3868-3275 / FAX：03-3868-6588
印 刷 所　モリモト印刷